SUMÁRIO

PRIMEIROS PASSOS — P. 4

USE PALAVRAS ADEQUADAS — P. 6

PARTICIPE DE FESTAS CULTURAIS — P. 10

DESCUBRA DE ONDE VOCÊ VEIO E TENHA ORGULHO DE SUAS ORIGENS — P. 14

EXPLORE REGIÕES ÉTNICAS E MULTICULTURAIS DA SUA CIDADE — P. 18

APRENDA SOBRE O PASSADO PARA ENTENDER O PRESENTE   P. 22

DESAFIE AQUELES QUE EXPRESSAM IDEIAS PRECONCEITUOSAS   P. 26

CRIE OPORTUNIDADES PARA CONHECER E FAZER NOVOS AMIGOS   P. 30

APRENDA PALAVRAS DE OUTROS IDIOMAS   P. 34

NADA DE DISCURSO DE ÓDIO!   P. 36

DEMONSTRE SEU APOIO   P.38

PRIMEIROS PASSOS

OLÁ! SEJA BEM-VINDO A ESTE LIVRO! JUNTOS VAMOS EXPLORAR UMA QUESTÃO MUITO DELICADA, MAS EXTREMAMENTE IMPORTANTE: TENTAREMOS APRENDER A COMBATER O PRECONCEITO!

VOCÊ SABE O QUE ELE É?

Talvez você já tenha ouvido falar sobre isso ou já o tenha experimentado por meio de olhares, palavras ou comportamentos ofensivos.
A palavra "preconceito" indica uma forma – infelizmente ainda muito comum – de discriminação ou ódio contra qualquer pessoa que seja diferente de você por causa de sua origem, cor da pele, idioma, religião etc.

Para a mentalidade preconceituosa, a diversidade é um problema, embora os preconceituosos esqueçam que nossas diferenças, nossas características físicas distintas e nossas ideias são justamente o que **NOS TORNAM ÚNICOS E IGUALMENTE ESPECIAIS. CADA UM DE NÓS DESEMPENHA UM PAPEL, E DEVEMOS ESTAR UNIDOS NA LUTA PARA IMPEDIR QUE O PRECONCEITO SE ESPALHE!**

ESTE LIVRO DÁ A VOCÊ ALGUMAS IDEIAS. MAIS PRECISAMENTE, 10 IDEIAS SIMPLES PARA COMBATER O PRECONCEITO.

COMO?

Graças à amizade e à curiosidade de descobrir o diferente, será como fazer uma viagem ao redor do mundo... no conforto da sua própria casa!
O segundo passo será compartilhar os pensamentos que acredita serem os mais relevantes para você com seus amigos (principalmente aqueles que se confundem um pouco com o assunto do preconceito).

POR QUE NÃO TENTAR TER MAIS IDEIAS JUNTOS? VOCÊ NÃO DEVE DESISTIR NUNCA!
Então...
APROVEITE A LEITURA!

USE PALAVRAS ADEQUADAS

Devemos prestar atenção no significado das palavras, principalmente quando se trata da palavra "preconceito", porque ela expressa uma maneira de pensar que pode levar a alguns comportamentos muito perigosos.

PRECISAMOS SEMPRE ESCOLHER AS PALAVRAS COM CUIDADO, USANDO-AS ADEQUADAMENTE PARA NÃO MACHUCAR, CLASSIFICAR DE FORMA ERRADA OU, EM GERAL, DISCRIMINAR O OUVINTE.

ÀS VEZES, ALGUMAS PALAVRAS TAMBÉM SÃO USADAS SUPERFICIALMENTE E PODEM GERAR CONFUSÃO.

Aqui está um exemplo:
Ao assistir à TV ou ler notícias na internet, você pode ter encontrado palavras como "imigrante ilegal", "refugiado" ou "migrante". Essas palavras geralmente se referem a pessoas que deixaram seu próprio país ou lugar de origem para encontrar melhores condições de vida em outro lugar.

Mas elas têm significados muito diferentes!

- Um "migrante" geralmente deixa sua terra voluntariamente para encontrar novas oportunidades e riqueza em outro lugar, e o faz em plena conformidade com as leis do país que o recebe.
- Um "imigrante ilegal" entra em um país estrangeiro de forma irregular, ou seja, sem ter obtido previamente a permissão necessária para ficar.
- E o que dizer de um "refugiado"? É uma pessoa que foge de seu país por motivos graves, como guerra, invasão, perseguição ou catástrofes naturais; ele pede ajuda a um país estrangeiro, para si e para seus familiares.

PORTANTO, LEMBRE-SE DE QUE ESSAS TRÊS PALAVRAS TÊM SIGNIFICADOS MUITO PRECISOS E DISTINTOS: É ESSENCIAL ENTENDÊ-LAS E USÁ-LAS CORRETAMENTE!

Enquanto conversam, você pode descobrir que a mesma palavra tem um significado para você, mas outro para seu amigo: esta é uma boa oportunidade para fazer uma pausa e refletir sobre o tipo de linguagem que você normalmente usa, muitas vezes sem prestar muita atenção nela.

EXISTE um recurso infalível para saber se suas palavras podem deixar os outros desconfortáveis: a empatia.

VOCÊ SABE O QUE É ISSO? A empatia é a capacidade de se identificar com os outros, a fim de compreender seus sentimentos e emoções. Você também pode ter sido chamado de nomes que não gostou, certo?

Por exemplo, "quatro-olhos" se você usa óculos ou "olhos fechados" se você é de origem oriental. Ou "girafa", se você é muito alto e tem pernas compridas.

Tente imaginar estar no lugar do seu amigo; você acharia esses termos humilhantes e ofensivos? Se sim, **TENTE ENTENDER O PORQUÊ.**

Se você perceber que ofendeu alguém (mesmo sem querer), só há uma coisa a fazer:

PEDIR DESCULPA.

**QUALQUER UM PODE COMETER UM ERRO. O IMPORTANTE É TER CONSCIÊNCIA DISSO E SE REDIMIR.
"ME DESCULPE" É A MELHOR EXPRESSÃO QUE VOCÊ PODE USAR PARA FAZER ISSO!**

E SE AS PALAVRAS NÃO FOREM SUFICIENTES, VOCÊ SEMPRE PODE TOMAR ATITUDES.

Com certeza há algo que você pode fazer para se desculpar. Afinal, não é isso que os amigos fazem?

02 PARTICIPE DE FESTAS CULTURAIS

De acordo com um famoso ditado estrangeiro, o mundo só é feito com vários tipos de pessoas. É verdade: o mundo é povoado de pessoas diferentes, cada uma com sua própria cultura e tradições. Alguns celebram o Natal, outros o Ano Novo Chinês, alguns o Dia de Ação de Graças e outros o primeiro dia de aula. Sim, é isso mesmo: na Alemanha, o primeiro dia de aula é uma celebração especial, na qual as crianças ganham um cone de papel cheio de doces, gizes de cera, lápis e tudo o que precisam para iniciar o ano letivo. **LEGAL, NÃO É?** As tradições refletem nossas origens: uma festa especial ou um certo costume pode nos fazer descobrir pessoas e culturas diferentes. E tudo isso de um jeito legal e divertido! Às vezes, essas celebrações são tão envolventes que são "adotadas" por muitos países.

POR EXEMPLO, O HALLOWEEN É UMA FESTA AMERICANA...

... MAS HOJE É COMEMORADO EM MUITAS PARTES DO MUNDO!

CONHECER DIFERENTES FESTAS TAMBÉM AJUDA VOCÊ A DESCOBRIR COISAS NOVAS.

E se as diversidades talvez o preocupem no começo, você logo verá que elas são uma grande fonte de crescimento pessoal.

- Sua amiga da Romênia usa um lindo pingente com uma flor presa a um cordão vermelho e branco? Se você prestar atenção, verá que ela o usa no primeiro dia da primavera de cada ano: é um símbolo tradicional romeno para dar boas-vindas à nova estação.

- Seu colega de classe é judeu? Talvez você o tenha ouvido dizer que, quando fizer treze anos, haverá uma grande celebração religiosa para ele, chamada "Bar Mitzvah".

- Seus vizinhos chineses comemoram o Ano Novo no final de Janeiro por 15 dias seguidos com a casa toda decorada com lanternas vermelhas? Bem, é a festa mais importante para eles, e eles a esperam por um ano inteiro!

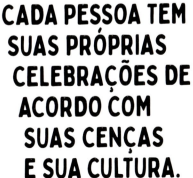

CADA PESSOA TEM SUAS PRÓPRIAS CELEBRAÇÕES DE ACORDO COM SUAS CENÇAS E SUA CULTURA.

QUE TAL PEDIR A SEUS AMIGOS PARA LHE CONTAR QUAIS SÃO AS PRINCIPAIS FESTAS DELES?

Você verá como é divertido e imprevisível! Em troca, você pode explicar a eles o que as suas festas significam para você e o que você costuma fazer com sua família durante elas. Você sabia que existem festas – como o Natal – que são comemoradas de forma diferente em outros países?

Por exemplo, na Dinamarca, as crianças se vestem de vermelho como duendes, usando grandes chapéus pontudos. Na Finlândia, eles preparam uma pequena árvore... para os pássaros, enchendo-a de sementes suculentas! Em algumas partes do Canadá, as crianças cantam de casa em casa, em troca de moedas e doces.
Além disso, dentro do mesmo país, cada família tem suas próprias tradições e seus próprios "rituais": os do Natal do seu melhor amigo podem não ser iguais aos seus.

ENTÃO, POR QUE NÃO DESCOBRIR TUDO ISSO JUNTOS?

PARA CONHECER ALGO MAIS A FUNDO, PORÉM, O MELHOR JEITO É... PARTICIPANDO!

Não espere, experimente você mesmo!

Há tantos costumes e celebrações, cada um expressando as raízes profundas e o desenvolvimento de uma civilização ao longo dos séculos. Tradições, sejam elas quais forem, representam a alma de uma comunidade. De qualquer forma, celebrar com os amigos e descobrir novas festas é sempre muito divertido…

E VOCÊ APRENDERÁ MUITAS COISAS NOVAS!

03 DESCUBRA DE ONDE VOCÊ VEIO E SEMPRE TENHA ORGULHO DE SUAS ORIGENS

VOCÊ SABE DE ONDE VEM?

"É claro", você vai responder. "Eu sei onde nasci e onde meus pais e avós nasceram."

Ótimo! E seus bisavôs? Você pode se surpreender ao descobrir que, por exemplo, o pai de sua avó nasceu na Itália, mas passou a vida toda na Alemanha. Ou aquele seu tio distante cresceu na Tunísia e falava árabe.

POR QUE CONHECER SUAS RAÍZES?

Pode ajudá-lo a entender melhor sua família e outras pessoas. Além disso, imagine quanta informação fascinante você pode descobrir! Talvez a história da sua família seja semelhante à do seu colega de futebol, que não nasceu no mesmo país que você. Talvez entre seus parentes haja alguém que tenha feito uma longa viagem (para mudar de país ou para chegar onde você mora agora!).

Hora de trabalhar nisso...

POR ONDE VOCÊ PODE COMEÇAR? Antes de tudo, você precisa de papel e canetal. Um celular (ou tablet) para gravar as entrevistas. Sim, é isso mesmo.

O PRIMEIRO PASSO É FAZER ALGUMAS PERGUNTAS.

- Para quem? Comece com seus parentes mais próximos: peça informações à sua mãe e ao seu pai e, se puder, aos seus avós ou àquele seu tio que ainda tem boa memória! Você pode perguntar onde e quando eles nasceram, depois onde e quando os pais deles nasceram... e assim por diante! Você pode descobrir a história da sua família até seus tataravôs. Quanto mais para trás puder ir, mais você descobrirá! Pode haver diários antigos ou álbuns de fotos que podem ajudar na sua pesquisa.
- Depois de coletar todo o material, o que você fará com ele?

Faça uma...
ÁRVORE GENEALÓGICA!

VOCÊ VAI PRECISAR DE:
papel, tesoura, cola, algumas canetinhas, fotos impressas de seus parentes (se você não tiver, pode fazer desenhos deles) e suas anotações.

SE VOCÊ TIVER AS FOTOS, RESERVE UM MOMENTO PARA OBSERVÁ-LAS COM CUIDADO:
você pode descobrir que o nariz de sua bisavó era parecido com o seu ou que o queixo do seu tio é parecido com o do seu irmão.
Peça ajuda à sua mãe ou ao seu pai, ou aos seus primos, irmãos, avós: vai ser ainda mais divertido. Juntos, vocês aprenderão a composição de sua família.

OK, MAS COMO MONTAR UMA ÁRVORE GENEALÓGICA?
- Antes de tudo, pegue uma folha de papel ou, melhor ainda, um grande pedaço de cartolina (você terá muito mais espaço!).
- Desenhe uma árvore com muitos galhos, grandes e pequenos, de acordo com o número de membros da sua família.
- E agora a parte mais importante: escreva os nomes dos membros de sua família (e as datas de nascimento, se você as tiver) nos galhos e cole as fotos deles.
- **COMO?** Comece com seus tataravôs (ou com parentes ainda mais distantes): cole suas fotos e escreva seus nomes na parte mais alta da árvore. Em seguida, nos galhos abaixo, coloque os filhos deles, ou seja, seus bisavôs (os pais de seus avós). Como você terá os paternos e os maternos, vai acabar com dois pares de galhos!

TENTE, É MAIS FÁCIL FAZER DO QUE EXPLICAR!

- Depois, é a vez de seus avós: novamente haverá um par de galhos para seus avós paternos e outro par para seus avós maternos.
- Debaixo deles, coloque seus pais e seus tios e tias.
- Finalmente, os ramos mais baixos serão para seus irmãos, seus primos (os filhos de seus tios e tias) e… você!

A ÁRVORE AGORA ESTÁ PRONTA. Consegue ver onde você está? Você está na base da árvore porque nasceu há pouco tempo. Está faltando alguém? Sem problemas: você pode adicionar quantos galhos precisar! Você também pode decorá-la desenhando com flores, frutas, folhas…

SUAS ORIGENS SÃO LINDAS, NÃO É MESMO?

EXPLORE REGIÕES ÉTNICAS E MULTICULTURAIS DA SUA CIDADE

VOCÊ JÁ LEU ISSO ANTES: SE QUER CONHECER ALGO PROFUNDAMENTE, NÃO HÁ FORMA MELHOR DO QUE EXPERIMENTÁ-LO VOCÊ MESMO!

No entanto, nem sempre é possível viajar para um país distante para conhecer novas culturas.

ENTÃO, QUAL É A SOLUÇÃO?

Comece com sua própria cidade ou organize uma viagem a uma cidade próxima e explore – com seus pais, seus avós ou com quem você quiser ir – os bairros étnicos onde vivem certas comunidades (como a árabe ou a japonesa). Às vezes, várias comunidades estrangeiras vivem na mesma região, que é então chamada de "multicultural".

Esta é uma forma de se aproximar de culturas diferentes da sua, talvez com a ajuda do seu amigo que mora lá e que pode ser o seu guia turístico:

JUNTOS SERÁ AINDA MAIS DIVERTIDO E VOCÊ DESCOBRIRÁ MUITAS COISAS COMO... A COMIDA!

Agora você sabe que cada comunidade tem suas próprias tradições. Uma delas é a comida. Alguns exemplos?
- As tortilhas de milho vêm do México.
- As esfirras e quibes são típicas dos países árabes.
- As batatas fritas que você tanto ama vêm da França.

Cada país tem suas próprias especialidades, então por que não saboreá-las com as pessoas que são as melhores em prepará-las? Está ficando com fome?

O QUE ESTÁ ESPERANDO?

Explore, descubra e não tenha medo de experimentar novos sabores! Olhe ao redor: há mercados, padarias, lojas étnicas... observe com curiosidade enquanto passeia. Talvez você note uma roupa incomum ou algumas placas de rua escritas em um alfabeto que você não conhece. Talvez ouça as pessoas falando em uma língua que você não consegue entender.

VOCÊ VAI ACABAR EM OUTRA PARTE DO MUNDO... A POUCOS PASSOS DE SUA CASA!

ALGUMAS CIDADES GRANDES SÃO FAMOSAS POR SEUS BAIRROS ÉTNICOS.

Nova Iorque, por exemplo, tem muitos: *Little Italy* é um pedaço da Itália no centro da cidade, assim como *Chinatown*, com seus restaurantes em forma de pagodas, cores vivas e placas escritas com ideogramas.

Na cidade de São Paulo, no Brasil mesmo, o bairro da Liberdade é bastante famoso. É a maior comunidade de japoneses do mundo fora do Japão. As ruas possuem lanternas suzurantō, típicas da arquitetura japonesa.

ALGUÉM QUE MORA EM SÃO PAULO PODE EXPLORAR MUITAS PARTES DIFERENTES DO MUNDO... SEM NEM MESMO PEGAR UM AVIÃO!

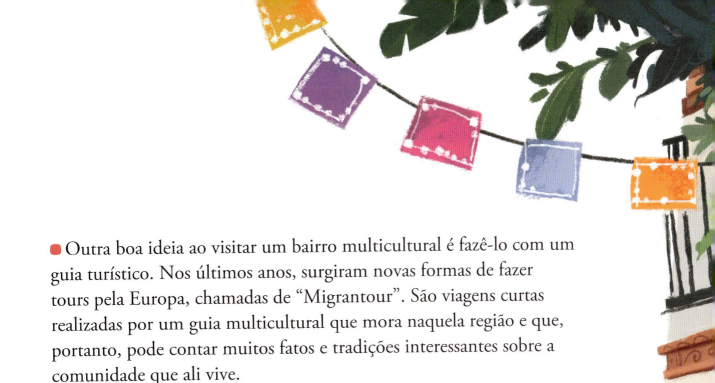

● Outra boa ideia ao visitar um bairro multicultural é fazê-lo com um guia turístico. Nos últimos anos, surgiram novas formas de fazer tours pela Europa, chamadas de "Migrantour". São viagens curtas realizadas por um guia multicultural que mora naquela região e que, portanto, pode contar muitos fatos e tradições interessantes sobre a comunidade que ali vive.

ENTÃO, A IDEIA NÚMERO 4 É UM PRIMEIRO PASSO – SIMPLES, PORÉM FASCINANTE – PARA CONHECER CULTURAS DIFERENTES DA SUA!

05 APRENDA SOBRE O PASSADO PARA ENTENDER O PRESENTE

Até aqui você aprendeu a usar as palavras corretamente. Ficou sabendo de algumas ideias para participar de festividades novas e desconhecidas e para explorar bairros multiculturais em sua cidade. Você até aprendeu a criar sua própria árvore genealógica!

O que mais você pode fazer para combater o preconceito? No passado, muitas pessoas lutaram contra a exclusão e a discriminação. Elas lutaram para que todos tivessem os mesmos direitos.

QUER EXEMPLOS? Nelson Mandela, Rosa Parks, Martin Luther King Jr... Seus nomes talvez tenham sido mencionados a você na escola, ou você os viu em um filme ou um livro.

Essas são apenas algumas das pessoas que dedicaram suas vidas para combater o racismo. Elas podem, ainda hoje, inspirá-lo com o exemplo delas, em sua vida cotidiana.

Isso é o que você pode fazer agora: **CONHEÇA AS HISTÓRIAS DELES!**

SE O MUNDO DE HOJE É MELHOR QUE O DE ONTEM, É TAMBÉM GRAÇAS A ESSAS PESSOAS EXTRAORDINÁRIAS E À SUA CORAGEM.

Por exemplo, você sabia que na África do Sul, onde Nelson Mandela morava, um branco e um negro eram proibidos de se casar? Além disso, os sul-africanos negros não tinham permissão para entrar em certas áreas das cidades nem frequentar as mesmas escolas que os brancos.

Era 1948 e isso se chamava "apartheid", palavra que significa separação; nesse caso, separação racial. O governo acreditava que alguns cidadãos eram mais importantes que outros... uma verdadeira injustiça, não acha?
Foi o que Nelson Mandela pensou.

Seu lema era:
"SEMPRE PARECE IMPOSSÍVEL, ATÉ QUE SEJA FEITO."

E ele conseguiu mudar as coisas radicalmente!

Ele acabou preso por 27 anos por causa de suas ideias, mas depois se tornou o presidente da África do Sul... uma grande conquista!

ROSA PARKS ERA DO ALABAMA, ESTADOS UNIDOS DA AMÉRICA.

Ela achava errado, no transporte público, os brancos terem preferência de assento sobre os negros. Os negros sempre tiveram que se levantar e dar seu lugar aos brancos e só podiam sentar se todos os brancos no ônibus já estivessem sentados, e apenas se pudessem ficar a uma distância deles!

UM DIA, EM 1955, ROSA RECUSOU-SE A CEDER SEU ASSENTO A UM BRANCO. ELA FOI LEVADA PARA A PRISÃO, EXATAMENTE COMO ACONTECEU COM NELSON MANDELA.

Foi então que Martin Luther King Jr., que também morava no Alabama, teve uma ideia: em sinal de protesto contra o que estava sendo feito com Rosa, ele incentivou a comunidade negra a boicotar e parar de usar o transporte público. E muitos boicotaram!

NO FIM DAS CONTAS, A LEI QUE ESTABELECIA A SEGREGAÇÃO RACIAL FOI ABOLIDA E ROSA FOI LIBERTA.

FOI UMA GRANDE VITÓRIA PARA A IGUALDADE.

Embora tenhamos dado grandes passos à frente, infelizmente o racismo ainda existe em muitos países; por isso, precisamos abraçar o legado de nossos antecessores, que nos mostraram que sempre vale a pena lutar pelo que acreditamos.

Nelson Mandela, Rosa Parks e Martin Luther King Jr. não foram os únicos. Muitos outros lutaram para combater o racismo: pesquise suas histórias! Há muitos filmes, livros e programas de TV que podem ser úteis. Pergunte aos seus pais ou professores.

Um passo a mais é seguir o exemplo deles. Como?

EM PRIMEIRO LUGAR, SEMPRE DEMONSTRE SEU APOIO. SE PRESENCIAR UMA INJUSTIÇA, VOCÊ PRECISA AGIR.

06 DESAFIE AQUELES QUE EXPRESSAM IDEIAS PRECONCEITUOSAS

Mesmo que isso nunca tenha acontecido com você, no futuro você certamente encontrará pessoas, talvez até amigos ou colegas de classe, que expressam ideias preconceituosas. Eles são frequentemente influenciados pelo que ouvem ao redor e, portanto, têm uma ideia errada sobre algo que não conhecem muito bem. Eles podem ter ouvido os comentários de um adulto ou leram notícias negativas sobre outras culturas ou outras comunidades. É muito fácil ter medo de alguém a ponto de se convencer de que é melhor evitá-lo e, consequentemente, culpá-lo. Lembre-se de que ninguém nasce preconceituoso, mas as pessoas podem se tornar intolerantes mais tarde.

ENTÃO, O QUE VOCÊ PODE FAZER?

Para começar, você pode falar sobre isso, explorar o assunto e explicar que não há diferenças entre raças e que qualquer pessoa pode ser boa ou ruim. Isso depende unicamente da pessoa. Não de sua raça ou religião! Mas e se as pessoas não o ouvirem?

ENTÃO É HORA DE AGIR...

QUER UMA IDEIA? ORGANIZE UMA COMPETIÇÃO ESPORTIVA!

"Mas o que isso tem a ver com preconceito?", você pode se perguntar. Bem, estar no mesmo time é um jeito fantástico de ver como diferentes origens, cores de pele ou religiões não importam; o que importa são as habilidades da pessoa de ajudar o time!
O esporte nos ensina a ter objetivos comuns e também une as pessoas, sejam elas quem forem!

É por isso que jogos de futebol, basquete ou vôlei (ou qualquer outro esporte que você goste) são ótimas ideias. Chame seus amigos, crie os times e... divirta-se!

AFINAL, O ESPORTE DÁ A TODOS A OPORTUNIDADE DE SE EXPRESSAR E, SE ESTÃO EM UM TIME, VOCÊS PRECISAM SEAJUDAR SE QUISEREM VENCER...

Além disso, cada esporte exige respeitar as regras do jogo e adotar um determinado comportamento: por exemplo, se durante um jogo de futebol você empurra o adversário ou puxa a camisa dele, o juiz pode dar um pênalti para o time adversário, ou dar a você um cartão amarelo ou, pior ainda, um cartão vermelho e expulsá-lo do jogo!

Você e seus amigos podem decidir as regras juntos. Como? Antes do jogo, crie seu "manifesto esportivo". Você só precisa de caneta e papel. O que você poderia escrever nele?

DEFINITIVAMENTE UM GRANDE SIM PARA RESPEITAR SEUS COMPANHEIROS DE TIME E ADVERSÁRIOS E UM ENORME NÃO PARA QUALQUER TIPO DE INSULTO.

E AGORA É HORA DE JOGAR E... SE DIVERTIR!

Se você gosta de acompanhar os jogos do seu time favorito com seus amigos, ser torcedor é uma boa forma de apoiá-lo. Então, mantenha uma torcida positiva para expressar sua alegria e lealdade. Mas não há necessidade de usar palavras ofensivas. Assobiar ou, pior ainda, insultar o físico, a cor da pele ou a raça dos atletas não tem nada a ver com esporte. Na verdade, o esporte é uma ocasião para compartilhar e competir com respeito e equidade. Isso é exatamente o oposto do preconceito! Atitudes e palavras que expressam ódio e preconceito devem ser interrompidas imediatamente.

E TODOS, INCLUSIVE VOCÊ, PODEM FAZER ALGO NESSE SENTIDO!

07 CRIE OPORTUNIDADES PARA CONHECER E FAZER AMIGOS

Agora você já entendeu: há muitas coisas que você pode fazer diante do preconceito.

Existem várias iniciativas ao redor do mundo: uma delas é o **DIA INTERNACIONAL PELA ELIMINAÇÃO DA DISCRIMINAÇÃO RACIAL.**
Ele é comemorado no dia 21 de março.

Nesse dia, as pessoas celebram a beleza do mundo como lar de muitas culturas, línguas, religiões e nacionalidades, como uma floresta muito grande onde crescem árvores de todos os tipos: cedros, abetos, castanheiras, seringueiras etc. Então, que tal você criar um evento onde as pessoas possam estar juntas e se divertir?

Você pode criar sua própria versão dessa data internacional, organizando uma festa temática com seus amigos.

COM O QUE COMEÇAR? COM SEUS AMIGOS, É CLARO!

Peça a cada um que explique as regras de uma brincadeira tradicional do seu país de origem (ou de seus pais ou avós).

NÃO É MARAVILHOSO APRENDER SOBRE ELES JUNTOS?

Por exemplo, você sabia que a versão etíope do esconde-esconde é chamada de "kukulu"? E que na Zâmbia existe uma brincadeira de cobra? Dois grupos sentados formam uma "cobra", segurando um ao outro pela cintura. Cada grupo começa do outro lado do campo da brincadeira e tem que chegar a uma "gazela" (um jogador que fica no centro do campo) rastejando. O grupo que chegar primeiro ao jogador... é o vencedor! Parece divertido, não é? Experimente com seus amigos!

Talvez você também conheça algumas brincadeiras diferentes – seus avós ou seus parentes mais velhos podem ter lhe ensinado variações menos comuns de uma brincadeira conhecida.

DURANTE UMA FESTA, PRINCIPALMENTE FOLCLÓRICA, DEVE HAVER COMIDA!

● Descubra novos sabores e receitas juntos! Você pode pedir a seus pais para ajudar. Alguém pode trazer "samosa", uma entrada indiana feita de pedaços triangulares ou em forma de meia-lua de massa de trigo, frita (ou assada no forno), com recheio picante (para ser comida com as mãos!).

● Aquele seu amigo argentino pode surpreendê-lo com um dulce de leche, um delicioso creme feito com leite e açúcar. Ou seu colega boliviano pode agradar a muitos com salteñas, uma variação da empanada, recheada com carne, ovo, batata e azeitona. Então, realmente há muitas iguarias para descobrir, do mundo inteiro! E por que não preparar uma refeição juntos? Escolha entre as sugeridas por você ou por seus amigos.

MISTURAR, AMASSAR, CRIAR... NÃO É DIVERTIDO?

O QUE MAIS AINDA FALTA PARA A FESTA SER INESQUECÍVEL? VOCÊ PODE ENRIQUECÊ-LA COM TANTAS IDEIAS!

● Você pode criar uma playlist de músicas do mundo inteiro, com cada um escolhendo uma. Com certeza você descobrirá que elas são muito diferentes uma da outra…

MAS ESSA É A BELEZA DELAS! SE VOCÊ GOSTA DE DANÇAR, PODE ORGANIZAR UMA BREVE COREOGRAFIA. O MAIS IMPORTANTE: DIVIRTA-SE AO RITMO DA MÚSICA!

● Ou você pode pesquisar na internet tutoriais de maquiagem típica e profissional: há tantos! Por exemplo, você sabe o que é hena? É uma tatuagem temporária, feita com uma coloração natural. Em algumas partes do mundo, como a Índia, ela é usada durante festividades. Talvez a mãe ou a irmã mais velha de alguém saiba fazer uma e possa te ajudar.

OUTRA IDEIA? ASSISTA A SÉRIES DE TV E FILMES TRADICIONAIS DE OUTROS PAÍSES: VOCÊ TERÁ MUITAS OPÇÕES!

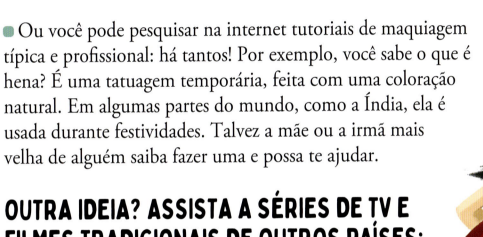

08 APRENDA PALAVRAS DE OUTROS IDIOMAS

VOCÊ SABIA QUE LÍNGUAS ESTRANGEIRAS SÃO MUITO ÚTEIS QUANDO VOCÊ QUER FAZER NOVOS AMIGOS?

Quando está no exterior, isso é óbvio, mas também ajuda quando está em seu próprio país.
Talvez você encontre amigos ou colegas de classe que ainda não falam muito bem a sua língua. Você pode ajudá-los um pouco e, em troca, pode aprender palavras da língua deles.

VOCÊ DESCOBRIRÁ ALFABETOS INCRÍVEIS E NOVOS SONS QUE SÃO VERDADEIROS TRAVA-LÍNGUAS! HÁ MUITO PARA DESCOBRIR E APRENDER SOBRE A COMUNICAÇÃO.

VOCÊ ESTÁ PRONTO?

O QUE LÍNGUAS ESTRANGEIRAS TÊM A VER COM O PRECONCEITO?

Para começar, o idioma é um dos elementos básicos de identidade de uma cultura. Aprender que "hola" em espanhol significa "olá", ou que "*arigatô*" em japonês significa "obrigado", permitirá que você se comunique e estabeleça um primeiro contato com alguém que acabou de se mudar para o seu país e tem dificuldades para se expressar!

COMO VOCÊ PODE COMEÇAR?

Por exemplo, com uma brincadeira: escolha objetos acessíveis que cada um terá que nomear em seu próprio idioma; então, cada um se revezará para repetir os nomes em todas as línguas. O vencedor será... quem se lembrar de mais! Você pode fazer a mesma coisa com música, mas talvez seja um pouco complicado!

DE QUALQUER FORMA, APRENDER COM OUTRAS PESSOAS É SEMPRE MAIS FÁCIL E DIVERTIDO!

09 NADA DE DISCURSO DE ÓDIO!

VOCÊ SABIA QUE O PRECONCEITO PODE ACONTECER NA VIDA REAL E TAMBÉM NA INTERNET?

Sim, você pode se deparar com um discurso de ódio. Não o subestime e lembre-se de que cada palavra de nossa vida diária que é usada online é tão importante quanto na vida real.

TENHA CUIDADO O TEMPO TODO: é crucial saber quando qualquer palavra falada ou digitada está disseminando ódio. Às vezes, quando nos escondemos atrás de uma tela ou de um avatar, esquecemos que há uma pessoa real do outro lado, uma pessoa com sentimentos e emoções que pode se machucar com certas palavras. Como você pode parar antes que seja tarde demais? Você se lembra do que leu sobre empatia? Esse é outro caso em que essa poderosa ferramenta pode ajudá-lo a fazer as perguntas certas: essas palavras são ofensivas, brutais e grosseiras? Elas machucam a pessoa que as lê e recebe?

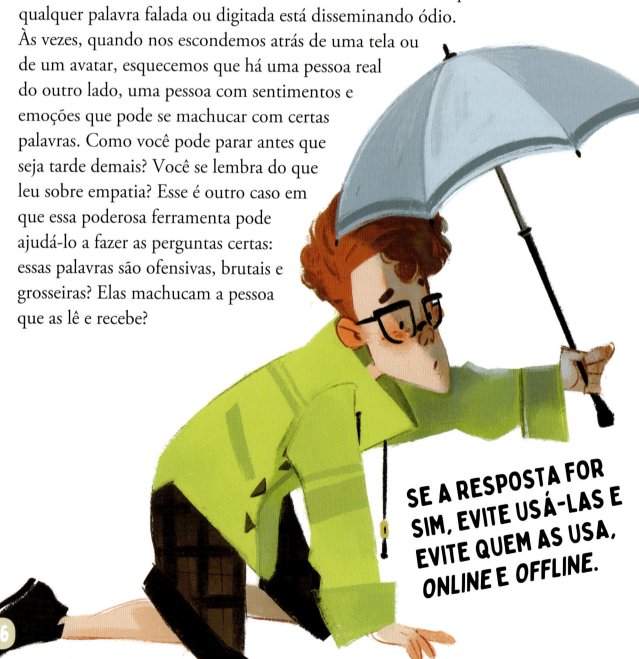

SE A RESPOSTA FOR SIM, EVITE USÁ-LAS E EVITE QUEM AS USA, ONLINE E OFFLINE.

EM PRIMEIRO LUGAR, VOCÊ PODE BLOQUEAR OS CONTATOS QUE INSISTEM NO DISCURSO DE ÓDIO.

Dessa forma, você não terá que ler trocas de palavras de ódio. Nesse caso, também seria uma boa ideia falar com adultos e pedir ajuda. Existem sites designados que coletam queixas e denúncias de vítimas e testemunhas de atos de discriminação *online*. Talvez seus professores ou seus pais possam ajudá-lo a encontrá-los. Se usada corretamente, a internet pode ser um recurso incrível para ajudar uns aos outros e rastrear informações importantes. É também uma ótima ferramenta para compartilhar palavras de amizade, respeito e tolerância (que não ofendam ou marginalizem os outros).

O PRECONCEITO E O ÓDIO PODEM SER COMBATIDOS DE VÁRIAS FORMAS... ATÉ *ONLINE*!

10 DEMONSTRE SEU APOIO

Talvez já tenha acontecido de você presenciar um episódio de preconceito. Um amigo seu pode ter sido uma vítima e lhe contou sobre isso.

COMO VOCÊ DEVE SE COMPORTAR NESSES CASOS?

Em primeiro lugar, é importante que você não ignore a situação e aja rapidamente. O melhor é alertar quem puder intervir (um professor, um vizinho, seus pais ou os pais de seu amigo).

E assegure ao seu amigo que ele sempre poderá contar com sua ajuda. Isso significa que, se ele pedir, você poderá apoiá-lo quando falar sobre isso com os pais ou o professor dele. E se ele não quiser falar sobre isso, você pode fazer isso por ele.

NÃO SE PREOCUPE, VOCÊ NÃO SERÁ UM ESPIÃO. NA VERDADE, O SILÊNCIO FARIA DE VOCÊ UM CÚMPLICE DO ATO.

SE VOCÊ FOR VÍTIMA DE UM ATO DE PRECONCEITO... AS MESMAS INSTRUÇÕES SE APLICAM, É CLARO!

Fale o quanto antes com quem puder ajudá-lo: adultos podem ser grandes aliados, você vai ver. Ou você pode dar um primeiro passo explicando o que aconteceu aos seus amigos: o importante é que você peça ajuda, contando às pessoas o que aconteceu.

QUANTO MAIS JUNTOS AGIRMOS, MELHOR PODEREMOS ENFRENTAR QUEM SE COMPORTA MAL.

Todo mundo pode fazer a sua parte: vítimas e testemunhas.

O que importa é agir o quanto antes e nunca esquecer que juntos podemos vencer o preconceito.
Você se lembra de Nelson Mandela, Rosa Parks e Martin Luther King Jr.?

Imagine se eles tivessem permanecido calados diante das injustiças! O mundo de hoje com certeza seria um lugar pior. Unidos somos mais fortes:

VAMOS FAZER NOSSAS VOZES SEREM OUVIDAS EM ALTO E BOM SOM!

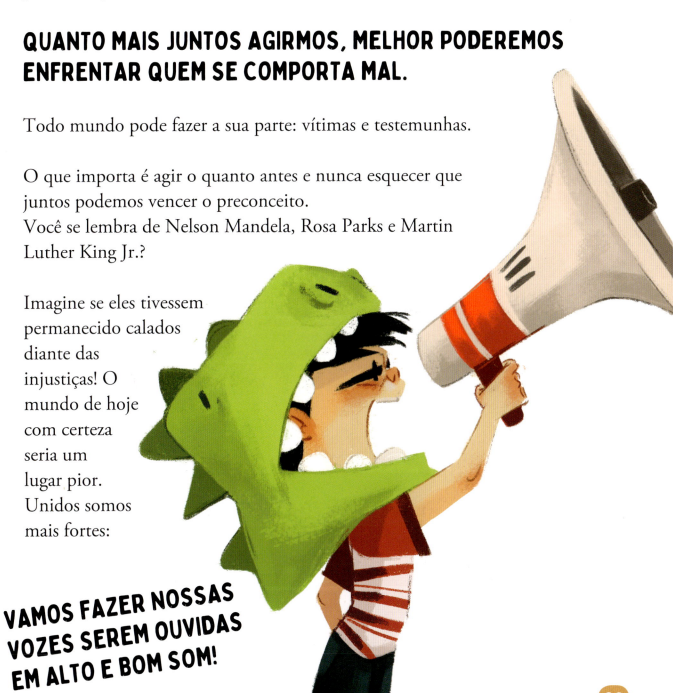

CLARISSA CORRADIN

Clarissa nasceu em Ivrea, na Itália, em 1992. Ela frequentou a Academia de Belas Artes de Turim, onde estudou pintura e ilustração. Atualmente, ela trabalha apaixonadamente com ilustrações para livros infantis.

ELEONORA FORNASARI

Eleonora mora em uma bela casa cercada por árvores, esquilos e... livros! Alguns foram escritos por ela, pois desde muito nova enchia cadernos e diários com muitas histórias e personagens imaginários. Quando se cansou do papel, ela começou a escrever para a TV. Hoje ela é roteirista e escritora de sucesso e leciona na Universidade Católica de Milão, na Itália.

Dados Internacionais de Catalogação na Publicação (CIP)
Angélica Ilacqua CRB-8/7057

Fornasari, Eleonora
    10 ideias para combater o preconceito / Eleonora Fornasari ; tradução de Talita Wakasugui ; ilustrações de Clarissa Corradin. — Barueri, SP : Girassol, 2023.
    40 p. : il., color.

ISBN 978-65-5530-560-9
Título original: 10 ideas to overcome racism

1. Literatura infantojuvenil 2. Antirracismo I. Título II. Wakasugui, Talita III. Corradin, Clarissa

23-0812   CDD 028.5

Índices para catálogo sistemático:
1. Literatura infantojuvenil

© 10 Ideas to Save the Planet
WS White Star Kids ® é uma marca registrada de propriedade da White Star s.r.l.
2020 White Star s.r.l. | Piazzale Luigi Cadorna, 6 | 20123 Milan, Italy
www.whitestar.it

1ª edição

Publicado no Brasil por Girassol Brasil Edições Ltda.
Diretora editorial: Karine Gonçalves Pansa
Coordenadora editorial: Carolina Cespedes
Assistente editorial: Laura Camanho
Tradução: Talita Wakasugui
Preparação de textos: Ana Paula Uchoa
Diagramação: Patricia Benigno Girotto

Impresso no Brasil